이현정 아홉 번째 시집

노란 리본이 달리는 길

2014년 4월 16일
지켜주지 못해 미안합니다.
결코 잊지 않겠습니다.

한누리미디어

국립중앙도서관 출판시도서목록(CIP)

노란 리본이 달리는 길 : 이현정 아홉 번째 시집 / 지은이: 이현정. -- 서울 : 한누리미디어, 2014
p. ; cm

ISBN 978-89-7969-484-0 03810 : ₩10000

한국 현대시[韓國現代詩]

811.7-KDC5
895.715-DDC21 CIP2014022398

책머리에

세월호 희생자와 유가족들에게 무슨 말이 위로가 될까마는 세월이 가도 수학여행길에 오른 수백 명의 학생들을 한꺼번에 잃은 오늘의 비극만은 잊어서 아니 되겠기에 슬픔도 생생한 글을 남겨 다시는 이 땅에 세월호를 있게 한 구조적 비리가 발붙이지 못하도록 하고자 합니다.

안전은 뒷전인 여객선도 유람선도 바다에 떠 있으면 얼마나 멋졌던지 그 뱃속을 의심할 줄 모르는 우리였지요. 우리의 꽃다운 아들딸들을 잃고 나서야 두 달이 넘도록 죽살이를 치지만 아직도 실종자 수색이 끝나지 않은 상태입니다. 전국에 들어선 희생자합동분향소마다 늘어선 조문객이 이백만 명에 가깝다니 집안에서 눈물짓는 늙은이들을 감안하면 가히 전 국민의 사랑 속에 희생자들이 잠들어 있다고 하겠습니다.

유가족이 따로 없는 현실이지만 우리 어찌 애끊는 그 마음을 안다 하리요. 우리에게 남은 소원이 있다면 하루 속히 한 사람도 빠짐없이 돌아와 달라는 것입니다. 가족은 물론 국민 모두가 더는 기다리지 않고 이 땅의 부실을 뿌리 뽑는 데 주력하고자 함입니다. 여러분이 남긴 죽음이 나라의 안전을 지킬 날은 반드시 오고야 말 터인 즉 부디 따뜻한 가족의 품에 안겨 애절한 마음 달래주는 구호천사 되옵소서.

아차산 기슭에서 6월 중순 **이 현 정** 씀

차례 Contents

제3부
팽목항의 목탁소리

제4부
나 혼자 맴을 도네

차례 Contents

제5부

나를 숨 쉬는 순간

제6부

세월의 길잡이

제7부

한 몸이 되기까지

제8부

눈치랑 염치랑

차례 Contents

제9부 말이나 물이나

제10부 삶이 저물어

제11부

벌통 같은 마음

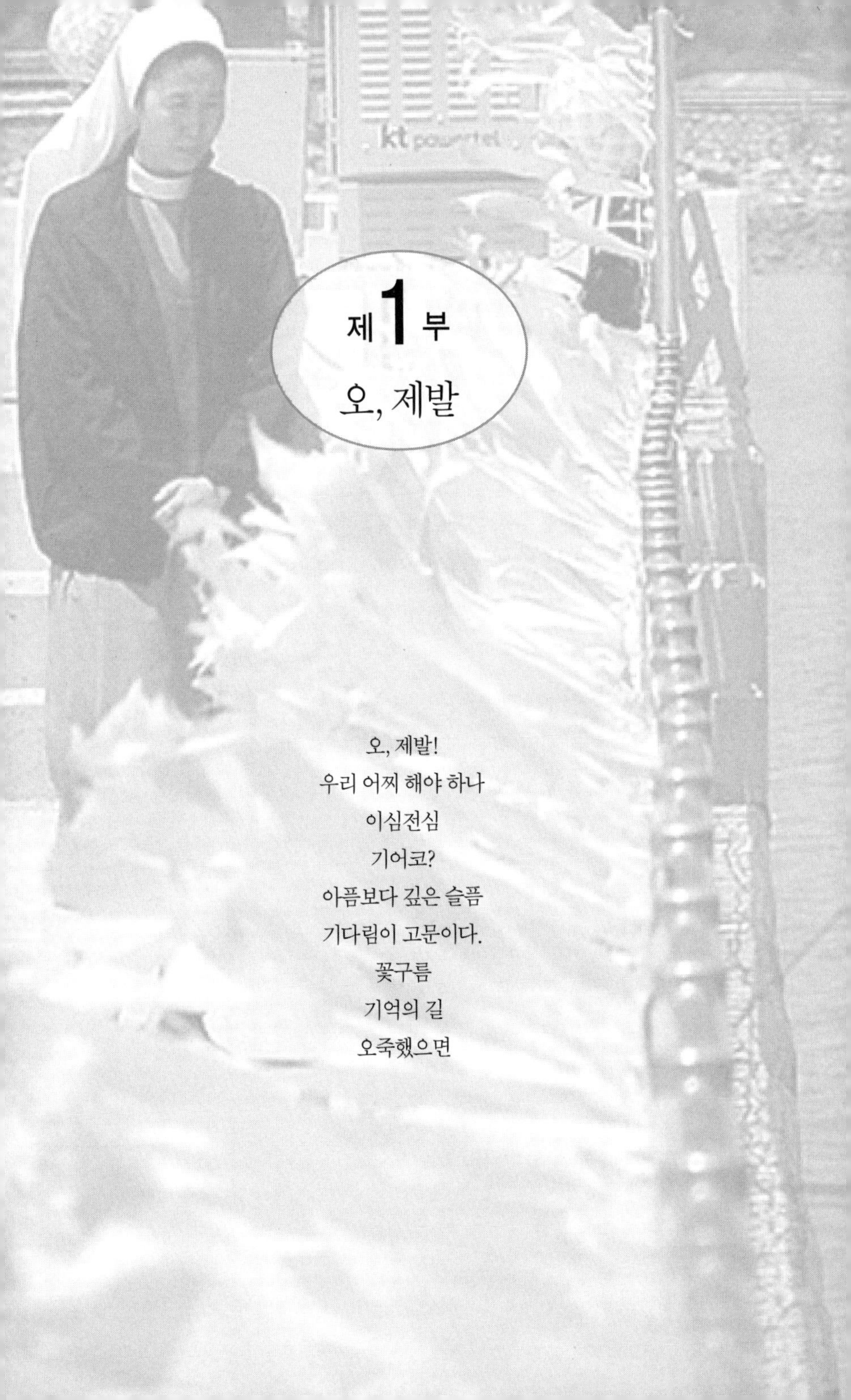

제 1 부

오, 제발

오, 제발!

– 진도 앞바다 세월호 침몰소식 –

가슴이 조여들어 아무 말 못하는 머릿속에 절박한 한 마디
제발의 의미를 아시는 이여 살려주소서
삼 백여 명 승객이 침몰 여객선에 갇혔습니다

거의가 제주도 수학여행길 학생들이어서
죽음으로 통하는 밤길에 맞서 학부모들이 울부짖고 있습니다
제발, 피맺힌 가슴 속 그들의 자식을 돌려주소서

꿈에 부풀어 넓은 세상 보려던 꽃망울 나이 또래들입니다
생사가 엇갈리는 일로 세상이 곤두박질치지 않게
부디 아이들을 보살펴주소서. 더는 아무것도 바라지 않겠나이다.

우리 어찌 해야 하나

– 안산 단원고교생의 희생을 기리며 –

모두가 목마른 구조소식 없이 가슴 저미는 시간이 간다
지난밤에 너희들 얼마나 춥고 무서웠니?
거친 물살에 당하고 물밑 어둠에 밀린다니
시시각각 형벌을 겪는 우리 어찌 해야 하나

살아남을 기회는 촌각에 걸렸는데
구명조끼 주고 움직이지 말라는 안내방송하고
저들만 빠져 나온 패거리와 같은 어른 됨이 욕되어
너희 잃은 우리 어찌 살아야 하나

밤새 들었느니라
어른들이 무슨 짓을 한 거야? 하면
미안해, 부끄러워, 용서해 줘, 라고
웅성거리는 병든 목소리들을.

이심전심(以心傳心)

심술궂은 바람에 쫓겨
벚꽃 잎 마구 떨어지고
꽃이 진 자리도 아픈가
빈 가지에 핏기 서렸다

그러려니 하건마는
사람 속이 이리 허전한데
말이 있건 없건
나무라고 기막힌 속 쓰림이 없으랴.

기어코?

– 침몰된 여객선 속의 자식들 –

성난 바다 한가운데 자식들은
얼마나 기막히고 화가 났을까

뜬눈으로 지새운 밤이 거듭 되어도
구조의 손길은 닿지 않고
애통한 우리 기어코 너희들을 잃나 보다

고이 잠든 너희 더는 힘든 일 없거든
밤낮으로 애끓는 가족의 품에서
언 몸을 녹이는 꿈을 꾸렴

끄떡없는 그 마음 밝아지는 대로
꽃다운 이백여 명 서로 반겨
행복한 꽃동산 이루어라

너희를 지키지 못한 어른들이
너희를 그리는 마음 헤아리면서 –

아픔보다 깊은 슬픔

배움의 길에 참변을 당한 단원고교 학생들 분향소가
빼곡히 들어찬 영정사진을 스치며 화면에 떴다

눈이 아물거려 아픔보다 암울하게 깊어진 슬픔은
우리의 눈물을 핏물이게 하면서

도대체 얼마나 걷고 또 걸어야
그 고운 사진들을 일일이 볼까

국민의 아들딸들아 너희들의 죽음을 부른
야바위꾼들이 부자 된 나라가 수술대에 올랐다

부끄러운 부위를 도려내고 부실이 뿌리 뽑히거든
너희들의 부음이 복음이 된 줄 알고 부디 행복해다오.

기다림이 고문이다

땅 위에 나뒹구는 시간이 사람 속을 태운다
사람들의 코에서 연기가 나고
미안하단 말에서 불꽃이 튄다

죽음을 저질러 놓고
젖은 양심을 아파하는 바다를 바라보면서
아무것도 할 수 없는 기다림이 고문이다.

꽃구름

꽃나무가 꽃에 묻혀
위에서 굽어보니 꽃구름이다

꽃구름 위의 생각이 날개 되어
달뜬 나를 실어 나른다

알 듯 모를 듯 망설여지는 기대가
움켜잡지 못하는 꽃구름 같다.

기억의 길

남쪽에서 꽃소식 전해 오는데
가고 오지 않는 사람 생각이 운다

기억의 길에도
봄소식 오고

꽃이듯 만나
간절한 생각의 꽃 피워 봤으면.

오죽했으면

사람들의 슬픔이 오죽했으면 세월호 희생자 합동분향소가
전국적으로 늘어나고 교포사회 도처에 자리 잡았다

굽이굽이 늘어선 참배객은 영정 속 인물들이 얼마나 아까운지
아이 어른 할 것 없이 눈물을 흘린다

아직도 흉물스런 선박 속에 백여 명이 넘는 가족이 있는데
구조요원 거의가 잠수병을 앓고 국민은 우울증에 시달린다

우리 모두 죄인이면서 부모자식 친지의 유가족이 아닌가
이제 그만 집착을 버리고 인양작업에 힘을 실어줄 때이다

오늘을 잊지 못하는 사람들로 지난날의 고질병은 고쳐지고
나라의 체질이 개선될 조짐인 즉

희생자의 이바지 정신을 살려
안전한 미래가 새 시대를 맞도록 뜻을 모아주었으면….

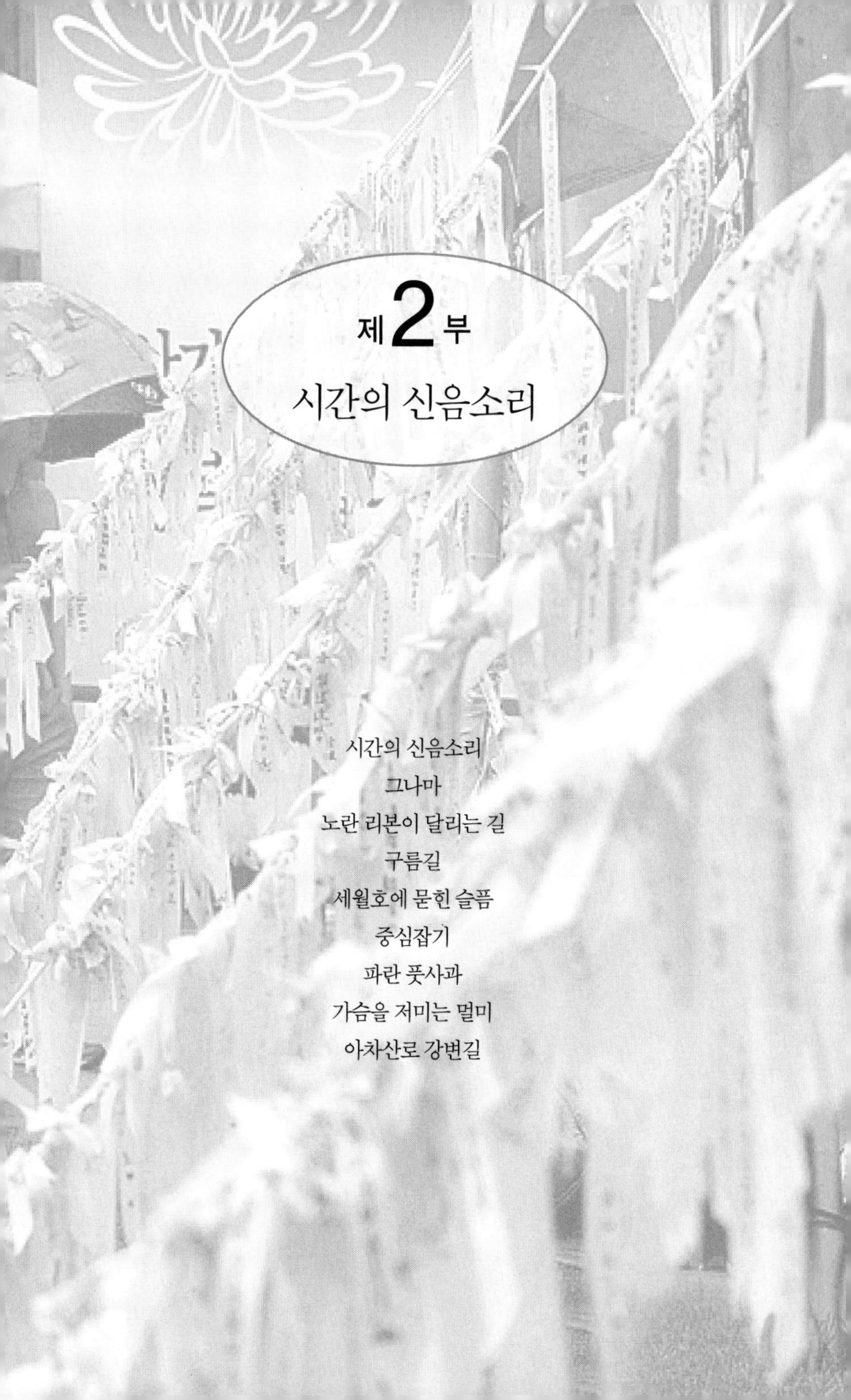

제 2 부

시간의 신음소리

시간의 신음소리

침몰한 여객선 세월호 안에 삼 백여 명이 갇힌 이래
구조소식을 기다리는 사람, 구조에 목숨 걸고 나선 사람
사람들은 곤죽이 되고
시간은 신음소리를 낸다

드디어 줄줄이 주검으로 돌아오는 바닷가에
통곡소리는 파도를 잠재워도
죽음까지 토해낼 것만 같은 십대들 생각에
우리는 잠을 이룰 수가 없다

날이 밝자 때마침 흐드러진 꽃물결이
죽은 이들의 꽃방석 되고 추모행렬 되라 빌어보지만
하늘 향한 마음에도 눈물이 흘러
넋 잃은 시간이 첨벙거린다.

그나마

눈으로 뉴스를 훑고
오늘을 가슴에 담는다

갓 찍어낸 고액권처럼 실어 보낸 아이들이
빈 숫자로 돌아오는 오늘날

그나마 다 오라고, 송두리째 와야만 한다고
울며 빌며 뉴스를 챙긴다

제주도 뱃길 수학여행은 영원하다, 일러주고
우리 모두 받들었나니 아들딸들아 안심하여라

악마가 세균처럼 우글거리는 이기심을
여지없이 무찌른 너희가 아니더냐.

노란 리본이 달리는 길

세월호 사고 나고 보름이 지나도록
우리의 아우성소리가 현장을 맴돈다

마음이 어두워
밤낮을 가리지 못하는 슬픔 속에

노란 리본이 달리는 길로 바다가 열리고
그 길로 그리운 그대들이 오리다

여러분을 지켜주지 못한 죄를 빌어
거미줄 온상인 사람의 죄를 벌하고

여러분이 일깨워 준 죽음을 무릅쓰고
살아서 말 못한 사랑을 나누리다

하늘과 땅을 오가느니 눈물이요
마음을 통하느니 한숨이라 할지라도

그렇게나마 만나
맹세하는 도리를 다하며 살아가리다.

구름길

모였다 흩어졌다 텅 비어버리는
바람결에
바라던 바가 지나쳐
굴뚝이 연기를 안으로 가둔다

분수를 지키지 못한
허물 또한 그와 같아서
구름길에 든
기대도 기회도 함께 저문다.

세월호에 묻힌 슬픔

언제나 이 슬픔 지워지려나!
눈물샘 솟는 곳에 스며든 슬픔은
침묵조차 견딜 수가 없어
한 생각을 고비로 솟구친다

귀를 기울이면
잊지 말란 말이 아닌데도
가슴은 무너지고
슬픔을 잊으려니 그마저 슬퍼

눈물 펑펑 솟는 사랑이
슬픔을 보듬고 서로를 차지하자
따뜻한 안정이 찾아와
삶과 죽음을 똑같이 아우른다.

중심잡기

변덕도 미덕이 되는 작품 활동 중에
궁리하고 다듬고 펼치느니
마무리는 중심잡기다

뭉클한 자기와의 만남도
어색한 자기와의 타협도
저울질에 능한 중심잡기다.

파란 풋사과

제가 무슨 돌쇠라고
불 만난 가마솥더위에 파란 풋사과 나타났다

거품이 잔뜩 낀 여름열기를 걷어내는가 하면
참되고 아름답고 슬기로운 정신을 맛보게 한다.

가슴을 저미는 멀미

어린 학생들의 억울한 죽음을
잊을 길 없는 우리의 뱃길!

여객선도 유람선도 뱃속을 뒤져
비리인사들과 한 묶음 쓰레기 처리하라

아이들이 남긴 죽음이
안전한 나라를 이루었다고

길이 말하는 역사 되게 하여
다시는 가슴 저미는 멀미 없게 하라

죽음을 헛되이 하지 않는 오월이 오고
신록이 새바람을 일으키는 나라 되게.

아차산로 강변길

아차산로 강변길에서 북으로, 북으로 걸었었네
가슴을 활짝 연 바람이 남으로 불어
한강은 어깨춤 무리로 변신하고
환영 물결에 휩쓸린 마음 또한 현란하구나

사람의 시선이 지켜보는 테두리를
벗어나지 못해 강은 흐르고
삶의 울타리를 벗어난 기상으로 우리가 가느니
둘레길에 접어든 햇볕이 축복의 손길과 다르지 않아라.

제3부

팽목항의 목탁소리

아리랑

아리랑은 민족혼을 아우르는 소리다
흥과 멋이 어우러진 장단이다

아리아리이 쓰리쓰리이 사랑을 하고
신명에 실려 한을 푸는 아리랑

아리랑은 옛날을 입질하는 가락이다
아무도 일러주지 않은 우리말의 고향이다.

옛날이 봄날이다

내 안에 절실한 꿈결이
바깥에 모호한 숨결이다

혼자 있으면
허허로운 고요가 생각을 뛰어넘어
보이는 옛날이 봄날이다

꽃을 일깨우는 혼

꽃이
누가 본다고 피고
보지 않는다고 피지 않던가

꽃을 일깨우는 혼은
사람의 하늘을 숨 쉬는 것으로
감각을 파고들어

눈에 보이는
생명의 뜻을 살리고
피듯이 지는 개성을 꽃피우는 거야.

길 없는 길

밤늦은 시각에 바깥을 나돌아도
추운 줄 모르는 때를 만나
지나간 추위를 생각한다

있을 때 좋은 줄 모르고
흘려버린 젊음마냥
돌아갈 길 없는 길을 간다.

방법을 바꿔야

수학여행길에 잠들어 버린 단원고 학생들은 들어라
황당한 악몽은 끝이 났다
암흑 속에서 광명천지로 나가는 그 날까지
어머니의 자궁 안에서 흔들리던 기억을 더듬어보자

살아보니 상대가 주인인 줄 알았던
사랑도 행복도 실은 내 자신을 위해 있더라
국민을 울리는 아들딸들아, 너희들도 지금
세계의 어버이들 사랑에 묻힌 줄을 알기 바란다

아이들 볼 낯이 없어 허둥대는 어른들부터
산 사람 위주의 희망을 접고
살아있는 도리를 다하기 위해
방법을 바꿔야 잘잘못을 떠난 죽음이 대우를 받는다.

팽목항의 목탁소리

눈물도 메마른 팽목항에
목탁소리 홀로 볼멘 울음 운다

돌아오지 않은 이들 이름을 부르면서
두 달째의 기다림을 아파하는 것이다

팽목항에 와야 할 열두 명은 오지 않고
절에서 살아야 할 목탁소리 예 있으니

간절한 울림에 실려오는 이들이여
애절한 가슴에 묻혀 편히 쉬어주오.

2014 어버이날

수백 명 학생들이 배에 탔는데도
긴장하지 않은 뱃사람들이
수학여행 길 아이들을 죽음에 빠뜨려
슬픔이 서릿발 같아도 어버이날이 왔다

삶이 전부인 줄 알고
자유분방했던 효도도 불효도
거친 물살에 휩쓸린 채이기에
울부짖는 양심의 눈을 더욱 아프게 하는 날이다.

양심이 핵심인 걸

세상을 다 속여도
자기 양심은 못 속인다 했다

양심이란
육신과 영혼을 하나로 꿰뚫은 핵심이니까

살아서 깜빡하고는 고장 났겠지 했는데
죽어서 멀쩡한 그를 본다네.

사람도 땅에 뿌리를 두어

숨고르기에 들고 보니 한 시절 가버리고
한시름 놓고 보니 세월이 등을 보이오

다시 땅을 밟을 힘없고서야
사람도 땅에 뿌리를 둔 줄 아오

그래서 그 어디에 있어도
고향땅이 그리웠던 것이오.

제 4 부

나 혼자 맴을 도네

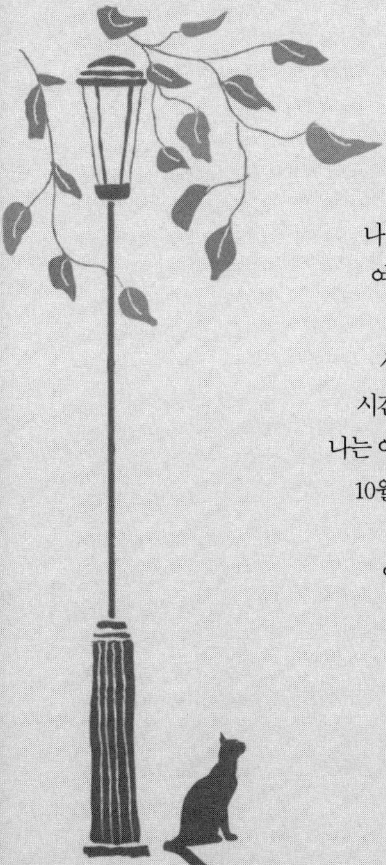

나 혼자 맴을 도네
여름이 눈부시다
물맞이
사라진 열대야
시간의 둥지가 되어
나는 어제의 내가 아니다.
10월 25일 독도의 날
사람들은
일본을 말한다

나 혼자 맴을 도네

내가 아니면 아니 되는 일로
시간은 나를 맴도는 용수철인데

바람의 시샘에는 강철도 녹이 슬고
사람의 욕심은 제 목숨도 갉아먹어
맴돌다 잃어버린 나를 찾는다

널리 늘린 나를 거두어들이는 길에
시작은 시간의 길이로 나를 거슬러 가고
끝은 내가 풀어가는 남은 날이다

아무도 없는데 다들 있는 것처럼
어렵사리 나 혼자 맴을 돌았네

풀리는지 감기는지 알 수 없는 내가
시간에 엮인 줄도 모르는 내가

여름이 눈부시다

알갱이는 속으로 여물고
과일은 겉으로 몸매를 뽐내고
사람은 안팎으로 땀을 흘리는
이 땅의 사랑이 저 하늘의 자랑이듯
속이 알찬 여름이 눈부시다

물맞이

말복을 맞은 무더위에 시달려
시들한 마음을 다스리는 길에
우레 소리 울리고
소낙비 거침없이 쏟아졌다

구차한 변명처럼 되기도 싫어
그 비를 고스란히 맞노라니
아주 어렸을 적에 어디에선가
물맞이하던 내가 내 안에 노닌다.

사라진 열대야

후텁지근하던 열대야 사라졌는데
어이없게도 잠들 수가 없다

정들었을 리 없는데
길들여졌던가

헤어짐이 잦아
젖어드는 나이에

물먹은 나를 북받치게 하는
울음이 식지 않은 때문인가.

시간의 둥지가 되어

여름이면
경기도 경계석을 넘어선 강변길에서
나의 밤은 시작된다

날마다
강심을 읽는 밤바람이
여름 끝자락을 뉘우치면

바람을 차지한 나는
시간의 둥지가 되어
강 건너 불빛을 바라본다

불빛은
물기둥을 이루어
나와 사뭇 다른 뿌리 생각에 흔들려도.

나는 어제의 내가 아니다

(1)

날마다 할 말이 따로 있는 나는
분명 어제의 내가 아니다
어제의 생각을 벗고 오늘을 가누며
내일을 새살 돋아나듯 소중하게 알기 때문이다

(2)

봄에 눈 뜬 만물의 숨소리가 내 귀에 이르면
꿈의 소리, 혼을 흔드는 옹알이 소리 되어
그것들을 노래하게 하는 나는
어제의 내가 아니다

(3)

낮이 밤이 되고 오늘이 내일로 태어나는 길에
절기가 바뀌고 해묵은 껍질을 벗으니
비록 기억에 살고 기억을 이어가긴 해도
앞선 생각을 다스리는 나는 어제의 내가 아니다.

10월 25일 독도의 날

한반도에 안겨 살아온 나날이
사랑을 밝히니 독도의 날이다

사무친 사랑의 뿌리를 찾아
세상밖에 드러난 이름,

독도의 날을 맞으니
가다듬고 가꾸어 온 세월의 기쁨이 새로워라.

사람들은

꽃이 진 자리에 열매 맺지 않아도
사람들은 꽃이 피기만 기다린다

살아갈 날이 줄어드는 줄도 모르고
꿀벌처럼 겁 없이 기다린다

가뜩이나 종잡기 어려운 길을 막고
대책 없는 씨앗이 열매 맺길 기다린다.

일본을 말한다

과학의 힘은
지구가 영원하지 않다고 해도 인류의 생존을 믿게 한다

마치 젊은이가 지금은 절망의 길을 걸어도
언젠가는 새 사람이 되리라는 희망을 품게 하듯이

문제는 되돌릴 수 없는 범죄에
재앙이 따르는 줄 모르는 일본에 있다

사과하고 보상할 기회란 놓칠 수 없는 구원의 길인데
사람의 도리를 외면하고 후손에게 불량국가의 재갈을 물려

제 5 부
나를 숨 쉬는 순간

유리창에 문자를 날리는 비

소리를 감춘 비가
유리창에 문자를 날린다

바람에 밀리면서
문자를 남발한다

거기,
세월이 여울져 흐르고

투명한 울음소리가
빗물로 번진다.

나를 숨 쉬는 순간

끊임없는 밤벌레소리에 귀를 기울이면
지구라는 거대한 생명체의 맥이 짚인다
막연한 믿음이 깊어지면서
진딧물 세계에 코를 박은 무당벌레와도 같이
우람한 나를 숨 쉬는 순간이다
스스로 껍질을 뚫고 나오는
알집 속의 융통성을 그리워하며—

운동기구 위에서

생각의 페달을 밟고
시간의 오솔길을 달리며
낯선 나를 익힌다

급한 커브 길을 만나 어깨를 비틀고
아찔한 속도에 몸을 숙이며
진화가 진행 중인 나를 느낀다.

눈물에도 격이 있고 향이 있어

슬픔이 단색이었을 적에
눈물이 막연한 짠맛인 줄 알았었지

이제
슬픔이 오감을 감돌아들어
눈물에도 격이 있고 향이 있음을 알지

기막힌 마음 밑바닥에
아름다운 감동을 울먹이는 눈물이 고여
그 뜻을 마저 알지 못하는 사람들이
고개를 갸웃거리게 한다.

성난 빗발

장마도 막바지에 이르러
비는 고른데 바람이 말썽이다

비를 막고 바람만 통하라는데
창틈에 성난 빗발이 몰아쳐

말소리는 부서지고 침이 튀는 바람에
문단속을 알리는 뜻이 살아난다.

알몸

사람의 진정은 알몸이다

수줍고 쑥스러우며 추위에 약해서
가슴 속 포근한 어둠에 섞여 있어도
눈물은 안다

진정에 민감한 눈물은
알몸이 드러나기 전에
능히 앞가림을 하여

사람의 진정은 겉도는 법이 없다

촛불 이야기

사람이 그럴 리 없다고
자연은 자리를 내어주지만
사람이 꼬이면
사악한 세상이 되게 마련이다

노여움의 심지 태우는 촛불이 되어
어찌 된 '나' 인가를 고심하노라니
남이 나를 굳히는 인연 가운데
타는 눈물로 내가 놓여 있다

길은 길대로 물은 물대로 한계가 있듯이
사람은 사람끼리 서러운데
영악한 마음들이 파고들어
숙연한 삶이 안타까운 나를 태운다.

가난은 밉지만

성난 가난과 우는 아기는 정성으로 달래야 한다
말이 통하지 않는 상대를 참고 조심하노라면
가난이나 아기나
사람이 발 뻗을 자리를 내어준다

있어달라고 빌어도
가난은 가고
아기는 자라고
고생은 언젠가 바닥을 드러낸다.

정월 대보름날

오늘은 2014년 정월 대보름날
자정 넘어 제일 크다던 달을 보네

두 손 모아
폭설에 갇혀, 근심에 묻혀
마음 무너진 영동지역 사연을 보살펴달라고 빌었네

눈이 지나쳐
하늘사랑 그르친 삶 깊숙이
서광 같은 달빛 머금었으리

한 해에 한 번 큰 힘을 쓴 달빛이
사람 사는 사정을 살핀다고 믿어버린 이 마음 흐뭇해라.

제 6 부

세월의 길잡이

돋보이는 어둠

그리움이 짙어
기억은 과거에 살고
아쉬움이 어려
사랑은 순간을 감돌아도

뉘우침이 있어
삶이 참되듯이
조명등 속에 속살을 보여
어둠 또한 돋보여요.

진천의 농다리

농다리는 생거진천이라는 옛말의 뼈대를 이룬다
천년을 헤아리는 나이가 그 말의 뒷받침이 되고
건강한 물소리가 미래를 향한 밑거름이다

지네가 기어가는 형상이라는데
거친 물살에도 끄떡없는 돌의 무게가
서로 도와 스스로 대견한 느낌을 준다

이 한세상 이야기가 자맥질을 하며
아스라한 조상의 얼을 잇는데
그 소리엔 귀먹었어도 붐비는 젊음은 한시대의 즐거움이다.

빈칸이 되기까지

군 복무 중에 일어나는 사고를 당할 때마다
피해자와 가해자가 다 같은 분단조국의 희생자다

언제나 아까운 젊은이를 억울하게 잃지 않고 살아보나
언제쯤이면 억지 임무에 엮이지 않는 젊음을 보게 되나

선과 악, 죄와 벌, 그리고 수많은 사랑과 미움이
하나로 녹아든 죽음 앞에 빈칸이 되기까지.

세월의 길잡이

고쳐야지 하면서 빛바랜 밤에
고쳐먹은 마음이 겉도는 낮에
밤낮을 가리지 않는 시간이 길잡이다

미움 속에 갇힌 서러움처럼
저 멀리 까마귀 울고
믿지 못해도 잊지 못하는 때는 흐른다.

니 당신

"당신은 좋겠다, 잔소리가 많아서"
"잔돈도 많고 시간도 많아"
"당신은 정말 좋겠다, 나쁜 말도 좋게 풀어서"
"남 말 말고 자기 말이나 하슈, 나 따라 갈래 말래"
"어딜 가는데"
"니 당신도 한때는 오빠 출신인데 어딜 못 가"

—고색창연한 오빠하고 또 한 고개를 넘어간다.—

부르고 부추기고

날로 쌀쌀해지는 밤이
쓸쓸한 생각을 부른다

안간힘을 쓰는 생각이
때늦은 근심을 부추긴다

어디로 가는지, 어디쯤인지
날로 멀어져가는 나를 참는다.

초가을 나들이

찡그린 인상을 찾아볼 수 없는 초가을 날에도
도시에서는
힘없는 사람을 힘들게 하고
여린 마음을 다치게 할까

땀 흘린 보람이 익어가는 시골에서는
햇살 고운 곳에 깃든 일손마다
정감이 흘러
사람 손이 천금이라는데.

거제 포로수용소공원에서

다시는 생각하고 싶지 않아도 반드시 알고 넘어야 할
역사의 침묵이 칸막이를 치고 있다

동족의 잔혹사가 구구절절 피를 흘리고
이념의 광기가 사람됨을 포기하는 현장이 어둠에 찌들었다

저 많은 희생과 욕된 죽음을 부른 원흉은 미이라 지존이 되어
인민의 궁핍을 부추기고 있으니

사필귀정은 언제고 자리 잡게 마련인즉
원혼들이시여, 우리의 아픔을 공경의 마음으로 받아주소서

생각이 달라도 돌아서면 모두가 소중한 줄을 알고
서로를 아끼는 일에 열심인 자손들이 이 땅을 가꾸도록 이끌어주소서.

창틀마음

집안에만 있기엔 너무 아까운 날씨다
내가 누리지 못한 몫이
누구에겐가 돌아가면 좋으련만
눈 먼 시간은 시절을 재촉하고
창틀마음은 추억을 배경으로
이 날을 살아있는 내 날로 여긴다.

제 7 부

한 몸이 되기까지

까치는 음치다

꼭두새벽에 까치가 잠을 깨운다
바튼 소리에
영 깨어나지 못할 뻔한 잠을 깼나 보다

꼼짝없이 누워 그 소릴 노 저어 가노라니
까치는 음치다
목이 잠긴 목소리 투정에 잠마저 달아난다.

생각하는 길

팔십 고개마루턱이 높아서
지나온 길이 잘도 보인다

시의 일상에 접어들면서
미아도 되고 고아도 되었었지

지혜의 바다엔 풍랑이 없고
기억의 길은 안전해

행복한 울음 우는 백발의 시가
나이를 잊은 입덧을 한다.

까치 미안해

까치보다 까칠한 친구가 말했다
“까치 우짖네, 당신이 괘씸한 거야, 우짤끼고.”

‘까치 미안해, 음치라고 소문내서 속상했었지.’
음치는 흉이 아니야, 조금 웃길 뿐이지.

대마도는 한국땅

– 베끼고 간추린 글

고래(古來)로 대마도는 우리의 땅이었다
1750년대 제작된 대동여지도를 보면
백두산은 머리고 대관령은 척추이며
영남의 대마도와 호남의 탐라(제주도)를
양발로 삼는다 하였다

부산에서의 거리는 50킬로
후쿠오카에서는 138킬로
지리적으로 엄연한 우리의 영토이며
마한과 마주본다 하여 대마도라 이름 지은
우리 선조들의 삶의 터전이었다

서구 해양 영토 약탈 확장 시기를 틈타
슬그머니 대마도를 도둑질한 일본은
1871년에 저들 나라에 편입시켰다
하지만 뒤틀린 역사가 바로 서는 날은 온다
우리의 후손들이 되찾는 날은 기필코 온다.

막무가내 꽃

꽃의 이름으로 상식을 벗어난 막무가내 꽃이 바로 밤꽃이다
헝클어진 초록 꽃 수술이 흰 빛깔을 찾아가면서
한쪽으로 쏠리기도 하고 외따로 기울기도 하는 못난이 개성이
밤나무 꽃의 낯선 매력이다

삼층 창 아래 몸을 낮추었기 망정이지,
덩치 큰 나무의 별난 꽃을 눈여겨볼 재간이나 있었겠는가
바람결에 어깨춤이 신선해서
좀 더 섬세한 꽃 나름의 춤사위를 기대해 보지만 거기까지다.

한 몸이 되기까지

외로움은
피하는 사람을 우습게 본다

피하려고 딴 짓하는 사이 몸집을 불려
술에 먹히듯 먹힌다

외로움을 숨 쉬는 일이라 여겨
한 몸이 되고 보면

따돌림을 당한 외로움이 돌아와
순한 나날을 선물한다

시샘 많은 세상
그 어디서나.

뜨거운 만남

유월 큰 달에 연중 큰 달이 떠서
호국의 달을 기리는 나라정신을 키우네

가장 큰 달은 지칠 줄 모르는 빛의 힘으로
가장 큰 짐 진 이에게 그 큰 힘 실어주오

헐뜯고 흔들어서 무엇을 이루리까
국력의 뒷받침 없이 우리 어찌 되오리까.

사람들은

꽃이 진 자리에 열매 맺지 않아도
사람들은 꽃이 피기만 기다린다

살아갈 날이 줄어드는 줄도 모르고
꿀벌처럼 겁 없이 기다린다

가뜩이나 종잡기 어려운 길을 막고
대책 없는 씨앗이 열매 맺길 기다린다.

장마철 틈새바람

무더위가 자리를 비운 사이
틈새바람이 불어와
싱글벙글 농담하는 분위기다

장마철 눈치 보기 중에
가벼워서 누리는 인기 같은 바람에 섞여
한동안 비가 몰고 올 근심을 잊는다.

제 8 부

눈치랑 염치랑

한 옛날에

꽃물을 머금은 봄이 집밖을 서성이면
만나고 싶지만
바람 들세라
홀로 꽃다운 마음을 삼켰었네

한 옛날에
내 엄니 이르신 말씀이 몸에 배여
바람 들세라 망설인 사랑이
글 속에 흰나비 춤을 추네.

봄이 왔다

봄은 참 많은 것을 가져왔다

꽃이 붐벼 사람의 밤낮이 홍겹더니
그새 잎이 자라 자연의 꿈이 무성하다

방안에 있어도 사람은 자연을 품어 있고
봄단장이 한창인 자연은 사람을 품었다.

눈치랑 염치랑

꽃과 잎이 동시에 올라오면
눈치 빠르게 잎을 따주어
염치를 아는 꽃이 힘을 받게 한다

아니나 다를까 꽃송이가 꼬리를 물어
모두가 즐기는 아름다움을 위해
사소한 나를 버린 잎에 힘이 실린다.

567돌 한글날

읽고 쓰고 무던히 사랑한 한글 잔칫날에
감사의 말이 되어 집집마다 태극기 걸리니
세종대왕님의 미소가 번지듯 이웃이 하나 되고
나라는 지존의 것이 아니라 백성의 것임이 분명해진다

한글 노랫말이 세계인의 사랑 속에 무럭무럭 자라고
문화의 전당에 띄엄띄엄 한글학과가 늘어나더니
한글무늬 옷이 유행을 만들고
글의 모양새가 글씨 그림으로 바뀌어 탄성을 자아낸다

이 한세상 이야기가
한글 없이 이렇게 오묘하고 번창할 수 없듯이
우리 다시 태어나는 결의로 한글민족의 기틀을 다져
찢어진 채 묵혀 온 역사 위에 하나로 우뚝 서야겠다.

마음바탕

맑고 조용한 물밑에
햇살이 행복하다

내 마음바탕도 저러했으면 하여
눈을 감으니

마음 밑바탕은 보이지 않고
갈길 걱정이 구정물이다.

말춤

웃음을 자극하는 말춤 때문에
눈이 휘둥그런 세상이 왔다

신이 난 사람들이 발을 굴러
근심을 잊자 하니

세계가 한 통속이 되어
삶의 온갖 사연과도 헤어진다

두리뭉실 춤에도 선이 있고
마구잡이 스타일에도 배짱이 있어

싸이가 살린 말춤이 세계를 누빈다
세계인의 사랑을 사로잡았다.

이 몸은

이 몸은
혼이 깃들어
영롱한 정신의 집인데

겉모습에 정신이 팔려
오직 하나뿐인
속내를 흐리는 몸이 두렵다

사철 꽃

제라늄은 내 집의 사철 꽃이다
제일 값싼 꽃이언만
어려움을 무릅쓰고 수십 송이 꽃이 피어
색깔마다 색다른 사투리로 말한다
'정성은 꿋꿋한 사랑' 이라고

물에 약한 뿌리 걱정에 분무기를 주로 쓰고
햇빛이 모자라 웃자란 가지는
꺾꽂이로 물병에서 뿌리내리니
식구는 늘고 꽃은 줄곧 피어
열심히 사는 정신을 공기처럼 머물게 한다.

마음먹기 나름

추석명절이 가까워지면
어떤 이는 걱정이 태산이고
또 어떤 이는 기쁨이 두 배다

똑 같이
식구가 늘고
할 일이 불어나도 그렇다

궂은 마음으로 궁리하는 몸은
미리 피곤하고
좋은 기분으로 맞이하는 쪽은
반가움에 들뜨기 때문이다.

제 9 부
말이나 물이나

먹물이 먹혀든 생각

장수가 복이 아니라 욕이라고
친구가 하는 말에 먹물이 먹혀든다

우리의 걸쭉한 피땀이
오늘을 있게 한 윤활유라 해도

늙은이는 늘고 출산율은 줄고
백수가 넘치는 처지가 힘겹단다

세계 속에 우뚝 선 우리의 젊은이를 보구려
우리는 자랑이 많은 큰 틀의 가족이라오.

말이나 물이나

한 번 흘린 말도 흐르는 물도
똑같이 되돌릴 수가 없다

말로 빚어지는 마음이나
물로 다스리는 몸이나

삐끗하면
갠 날도 궂은 날 된다

말에 멍들고 물에 당하면서
말도 물도 아끼는 도리를 깨친다.

달덩이

추석에 떠오른 대보름달 아래
소원을 비는 마음 역시 달덩이다

가족을 챙기는 갸륵한 마음들은
통 큰 달의 감동을 자아내고

달빛에 뿌려진 각각의 소원은
대지의 은혜를 입으리다.

초가을 나들이

찡그린 인상을 찾아볼 수없는 초가을 날에도
도시에서는
힘없는 사람을 힘들게 하고
여린 마음을 다치게 할까

땀 흘린 보람이 익어가는 시골에서는
햇살 고운 곳에 깃든 일손마다
정감이 흘러
사람 손이 천금이라는데.

남달리, 나답게

혼자 있으면 가득하고 온화하고 평화롭다
그래서
집안에 도(道)가 있고 선(禪)이 있다 하는가 보다

남달리 살아야 나만의 의미를 살리고,
나답게 살아야 그것의 가치를 알아
더는 미안하고 부끄러운 일 없는 주인일 터이다.

오직 그뿐

혼자가 아니었어도 혼자 가는 길에 꽃이 피었다
꽃자리 어우러진
낮이 낙원이라면 혼자 남은 밤은 시련이다

밤낮이 엇갈리면서
이슬이 서리 되고
낮에도 꽃은 질 텐데

나는 왜?
너는 어떻게!
꽃 절로 살아온 의문에 도리질인가.

연구실

혼자라서 외롭고
함께라도 외로운
외로움이 영글어 손에 잡힐 듯하다

연구실 이름이 지어지기 전에
있었음직한 정신이
소중한 사람들의 공간을 지키고 있다.

뜻밖의 만남

어디선가 정월 대보름 밤의 피로를 풀고
새벽 다섯 시에 나타난 달님을 응접실에서 맞이했네

이 시각에 가슴 벅찬 달님이 이렇게 가까이 계셨다니!
뜻밖의 행운을 향해 두 손 모았네

세계의 평화와 이 땅의 번영과 모든 가정의 건강을 위해
기도하는 마음 역시 창밖에 봄빛 같은 달빛이었네

삶을 위로하듯이 하늘을 우러러보는 버릇은 있었어도
오늘에야 지구인의 절실한 말들을 한꺼번에 읊었네.

말에 얽힌 사연

남들이 말을 좋아할 때 나는 말이 싫어 고개를 돌린 긴 세월 끝에
이제야 말에 얽힌 이야기를 하고 나를 바로 잡을 때에 이르렀다

아버지의 말발굽소리가 무거워 우리 모두 이상한 낌새를 차린 밤
마중나간 우리 앞에 나타난 말 등엔 아버지가 우두커니 앉아계셨다

간신히 땅에 발을 디딘 아버진 '얘들이 누구야' 라는 한 말씀을 남겼다
이후 정신을 잃어버린 아버지를 찾아 말은 이따금 우는 소리를 냈다

눈을 가리고 나서야 새 주인을 따라간 말과의 이별 역시 비극이었다
말이 없었더라면 아버지가 그리 되지 않았으리라는 막연한 미움도 늙어

나는 이제 말을 보면 정성으로 보살펴주지 못한 미안함과
고마워해야 할 말을 억울하게 만든 죄스러움에 고개 숙인다.

제 10 부

삶이 저물어

삶이 저물어

가만히 있어도 아픈 다리처럼
삶이 저물어
아득한 가운데
이 마음 하나 남은 줄 알겠다

시간을 빠져나온 여백은
느슨하고 아늑하여
허무는 엎질러지지 않고
빈틈이 더는 아프지도 않겠지.

폭우와 폭염 아래

물이나 불이나
사람을 공격할 리 없는데
땅 위에 노출된 삶의 이모저모가 참담하다

아등바등하는 인간이 불쌍하지도 않은지
때린 곳을 또 때리는 폭우와 폭염 아래
자연에 몸 바친 우리가 산다.

떠돌이 근성

하루가 노을빛에 물들어간다
오직 하나뿐인 하루가
가슴 벅찬 최후를 알린다

사람의 것이 아닌데도
사랑은 숨죽여 있지 않고
떠돌며 후회 없이 물들어간다.

가을이 살찌면

가을이 살찌면
나는 허기를 느낀다

가을이 그 중 명랑한 날에
내 안에 도사린 이별이 보여

아리송한 사이

홀연히
태엽을 감아주어야 제 기능을 하던
골동품시계가 생각난다

그때는
내가 시계 덕을 보는지, 시계가 내 덕에 사는지
아리송한 시기였다

지금은
밤 깊은 줄도 모르고 꽃을 보던 중
마음 속에 요정이 깨어난다

망연히
내가 꽃을 가꾸는지, 꽃이 나를 가꾸는지
아리송한 때에 이른다.

오로지

시간은 휴식을 모르고
사람은 내일을 모른다

몰라서 거침없는 줄 알았더니
알면서도 오늘을 어쩌지 못한다

오로지 위장에만 충실하였으나
밤이면 빗소리에도 떠내려간다.

어려운 어른노릇

중국음식 배달 온 소년이 말했다.
"눈이 오는데 배달시키면 어떡해요."

나의 얕은 놀라움 위에 힘든 그의 사정이 겹쳤다
"용케 왔구나, 장하다고 주는 거야."

몇 천원의 거스름돈을 가진 그는 가고
나는 안팎으로 그 사실을 숨겼다

그런데,
그리 했는데

잘못을 조장한 혐의가 내게 있어
갈수록 어른노릇 하기 어렵다.

봄의 정기 속에서

사월은 나무들의 멋 내기 기간이다
우물쭈물하던 새잎들이 본색을 드러내니
초록이 우쭐하여 산을 물들인다

산에 끌린 사람들조차 봄의 정기 속에서
꺾꽂이한 나무뿌리 내리듯 하니
한해를 힘쓰는 달, 사월이 바쁘다.

젊음을 탕진하고

바퀴 달린 집을 짓고
날개 달린 마음을 누리던 시절
행여나 알았을까
나이가 뼈대를 이룬 사실을

마음에 중심이 어쩌지 못하는
몸의 중심이 흔들려
젊음을 탕진한 나이가 말한다
관절을 울리는 힘든 사실을.

제 11 부

벌통 같은 마음

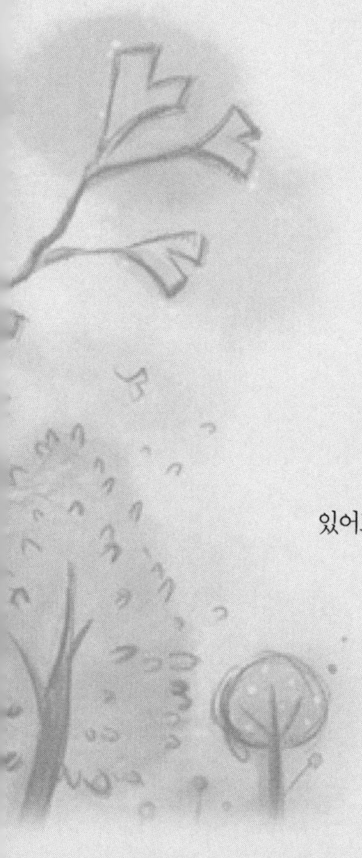

감꽃목걸이

봄이 오기도 전에
할머니는 무르익은 봄꿈을 꾼다

감나무 그늘에서
토실토실하고 부들부들한 감꽃 주워

절반은 입에 넣고
잘 생긴 것 골라 목걸이 만들어

친구들과 겨루던 감꽃목걸이는
열애중인 추억 속에 잠든 진주다.

고로쇠 물

고로쇠 물을 마신다
서울 한복판에서 심심산골 생명의 물,
순수의 물을 마신다

추위에 떨고 더위에 시달리고 비바람 몰아친
과거를 훈장삼아 늠름하게 자란 나무가
안일에 젖지 말라고 자극하는 손길에 태어난 물이다

맑은 정신의 피 같은 물은
나무에 목마름을 이기는 교훈을 남기고
널리 사람을 이롭게 하는 길이라 믿고 그 물을 마신다.

벌통 같은 마음

멀리서 보면
벚꽃 띠를 두른 길이 도심을 거닐고

그 길에 들면
색을 탐내는 마음이 벚꽃 속을 누빈다

산수유 진달래 함께 피었어도
밤에 돋보이는 벚꽃은 꽃등기질을 타고났다

벌통 같은 이 마음을 어찌 하고
꿀 향기가 흐르는 꽃길을 지나치랴.

헛걸음

수많은 기대를 저버리고
있어야 할 자리를 지키지 않는 너,

너로 하여 허겁지겁 허기진 나는
밑창이 달아난 신발에 발이 묶여

공익이 걸린 오늘을 부도처리하고
남은 내일의 고발정신을 가꾸지만

잦은 헛걸음은
암울한 허공에서조차 절룩거린다.

밤화장하는 벚꽃

절정을 향해 밤에 화장을 한 벚꽃은
구경나온 사람들을 초대받은 손님이게 한다

사나흘이 고작인 한해살이 벚꽃은 빨리 즐기려 하고
꽃다운 시간을 아끼는 사람들은 밤낮을 가리지 않는다

낮에 꽃잎이 날리는 가운데 아이들이 복 받는 줄 알았더니
이 밤에 분살 오른 꽃잎 아래 내가 화동을 거느린 신부이어라.

고수와 꼼수

고수는 은연중에 주변을 다스리고
꼼수는 조급한 가운데 사람을 다그친다

양쪽 손길에 똑같이 피가 돌고
저만 잘난 욕심이 자라

초라해진 꼼수 눈에
고수가 바보로 보인다.

있어도 없는 듯 없어도 있는 듯

절간이 있는 곳을 알지 못해도
새벽이면 인경소리 들려온다

내가 듣지 못해도 있는 소리는
신선이 사는 곳에 이를 터인데

내가 듣는 의미를 살리는 소리는
엄마, 엄마 부르며 사라져간다.

자꾸만 예뻐져요

움직임이 느리고 무디어지면서
멀리 보이는 아이들이 감동을 주고
가까이 있는 것들이 일일이 반가운 표정이어요

무궁한 가능성을 뜻하는 하늘 아래
나로 말미암은 사연도 그래서
살아있는 사계절이 자꾸만 예뻐져요.

고즈넉한 행복

누워서 하늘을 보고 있으면
막연하던 행복이 가슴에 내려
나와 꼭 같은 숨을 쉰다

그대로 눈을 감으면
마음이 하늘이다
몸소 지닌 고즈넉한 행복이다.

작품해설

온 국민이 함께 부르는 뜨거운 위령의 노래

— 이현정 아홉 번째 시집 《노란 리본이 달리는 길》의 시세계

홍 윤 기

일본센슈대학 대학원 국문학과 문학박사(시문학)
국제뇌교육종합대학원대학교 국학과 석좌교수(현)
(사)한국문인협회 고문(현) 국제펜클럽한국본부 고문(현)

일부 어른들이 포함되어 있긴 하나 거의가 꽃다운 어린 목숨들이 차가운 바닷물 속에 갇혀 싸늘한 주검으로 변해 돌아온 참으로 어이없는 세월호사건. 어른들의 잘못된 탐욕에 의하여 저질러졌지만 돌이킬 수 없는 대참사사건이 몰고 온 엄청난 충격의 파장이 온 나라를 뒤덮어 버린 비통한 오늘의 현실. 어찌 시인으로서 가슴 속에서 치밀어 오르는 거침없는 슬픔을 참고 견딜 수만 있으랴. 그러기에 깨끗한 붓을 들어 원혼을 달래는 애도의 시를 한 편 한 편씩 읊는 것이다.

시인 이현정의 애통한 위령의 시가들은 그 편편마다 온 국민이 공감하며 함께 분노하지 않을 수 없는 뜨거운 위령의 노래다. 이 작품들을 우리는 한국시문학사에 영원토록 기록하고 고매한 인간애의 전범(典範)으로 삼을 것을 먼저 제언해 둔다. 두 손으로 조심스레 시집 《노란 리본이 달리는 길》을 꼬옥 품에 보듬어 안는다. 그리고 한 편씩 주옥편을 가슴에 담아 음미한다. 온 국민이 함께 불러야 할 뜨거운 위령의 노래이기에.

"가슴이 조여들어 아무 말 못하는 머릿속에 절박한 한 마디/ 제발의 의미를 아시는 이여 살려주소서/ 삼 백여 명 승객이 침몰 여객선에 갇혔습니다// 거의가 제주도 수학여행길 학생들이어서/ 죽음으로 통하는 밤길에 맞서 학부모들이 울부짖고 있습니다/ 제발, 피맺힌 가슴 속 그들의 자식을 돌려주소서// 꿈에 부풀어 넓은 세상 보려던 꽃망울 나이 또래들입니다/ 생사가 엇갈리는 일로 세상이 곤두박질치지 않게/ 부디 아이들을 보살펴주소서. 더는 아무것도 바라지 않겠나이다"(〈오, 제발!〉 전문)라고 우리 모두 다시금 절절하게 두 손 모으며 시인과 함께 어린 새싹들의 영면(永眠)을 간절하게 기구하자. 한민족사에서 한순간 수백의 청소년이 그렇듯 억울하게 희생당한 일이 과연 언제 어디서 또 있었던가. 시린 가슴을 애써 진정하며 다시금 〈아픔보다 깊은 슬픔〉을 가슴 속 깊이 뜨겁게 읽어본다.

배움의 길에 참변을 당한 단원고교 학생들 분향소가
빼곡히 들어찬 영정사진을 스치며 화면에 떴다

눈이 아물거려 아픔보다 암울하게 깊어진 슬픔은
우리의 눈물을 핏물이게 하면서

도대체 얼마나 걷고 또 걸어야
그 고운 사진들을 일일이 볼까

국민의 아들딸들아 너희들의 죽음을 부른
야바위꾼들이 부자 된 나라가 수술대에 올랐다

부끄러운 부위를 도려내고 부실이 뿌리 뽑히거든
너희들의 부음이 복음이 된 줄 알고 부디 행복해다오.

– 〈아픔보다 깊은 슬픔〉 전문

시 전편이 직설적인 하이포벌(hyperbole) 수사기법(修辭技法)의 동원이어서 매우 큰 공감도를 형성시키고 있다. 더욱 주목되는 것은 이 작품의 성향이 잠언적(箴言的) 알레고리의 메타포로 강한 메시지를 엮고 있어 주목된다. 현대시의 수법은 각양각색이지만 차원 높은 이솝의 페이블(fable, 우화)과 같은 비극적 소설 시츄에이션을 상호 상관적으로 진지하게 묘사하여 독자에게 주목받을 만한 명품인 것이다. "국민의 아들딸들아 너희들의 죽음을 부른/ 야바위꾼들이 부자 된 나라가 수술대에 올랐다// 부끄러운 부위를 도려내고 부실이 뿌리 뽑히거든/ 너희들의 부음이 복음이 된 줄 알고 부디 행복해다오"라고 분격하며 읍소(泣訴)하는 이현정 시인. 그것은 선량한 국민들 모두의 절절하고도 빼어난 공통의 메타포로서 이 시에 가장 조화롭게 담겨 있다고 본다. 그러기에 참으로 기다림이 고문이다. 다시 떨리는 입술 지그시 깨물며 〈기다림이 고문이다〉를 음미해 본다.

땅 위에 나뒹구는 시간이 사람 속을 태운다
사람들의 코에서 연기가 나고
미안하단 말에서 불꽃이 튄다

죽음을 저질러놓고
젖은 양심을 아파하는 바다를 바라보면서
아무것도 할 수 없는 기다림이 고문이다.

– 〈기다림이 고문이다〉 전문

지금도 한없이 허망한 바다, 저 거센 파도 앞에서 힘껏 움켜쥔 두 손 다시 모으며 어서 모두들 돌아오기만을 애통한 심성으로 기다리고들 있다. 그렇다. "죽음을 저질러놓고/ 젖은 양심을 아파하는 바다를 바라보면서/ 아무것도 할 수 없는 기다림이 고문이다." 오늘의 이 형극보다도 더 뼈저린 비통함의 애가(哀歌)는 한국 시문학사에서 지금까지 누구도 읊지 않았던, 또한 원치 않은 엘레지(elegie)이다. 이현정 시인의 빼어난 메타포로 극도의 아픔을 고차원에서 승회시킨 비가(悲歌)다. 서구 시문학사상 최고의 아픔이라는 '두이노의 엘레지' 인들 어찌 '이현정의 엘레지' 를 능가할 수 있을런가. 이제 다시 〈기억의 길〉로 무거운 발길을 조용하게 옮겨 보자.

> 남쪽에서 꽃소식 전해 오는데/ 가고 오지 않는 사람 생각이 운다// 기억의 길에도/ 봄소식 오고// 꽃이듯 만나/ 간절한 생각의 꽃 피워 봤으면.
>
> – 〈기억의 길〉 전문

"남쪽에서 꽃소식 전해 오는데/ 가고 오지 않는 사람 생각이 운다// 기억의 길에도/ 봄소식 오고// 꽃이듯 만나/ 간절한 생각의 꽃 피워 봤으면" 좋겠다. 그렇다. 절로 탄성이 나온다. 가슴 저 밑바닥으로 애절하게 저며 오는 비탄 속에서 우리는 시인 이현정의 인도로 '기억의 길' 로 다가선다. 거기서 방관자의 위치로부터 행위자가 되는 것이다. 남의 것이 아닌 나의 아픔으로 수용함으로써 조금이라도 더 크게 원혼들을 위령할 수 있게 되는 것이다. 외면적으로는 방관자이면서 실상은 내면적인 행위자라는 '장'(場)이야말로 미국의 대표 시인 에드가 앨런 포가 지적하는 견자(見者, 투시자)의 감각일 것이다. 감각에서 돌출되는 착란(錯亂)의 힘을 빌어 현실세계의 배후에 존재하는 신선하고 강렬한 세계의 비전, 그 색과 향기, 감각과 음향, 물질적인 것과 추상적인 것의 착란을 표현하게 되는 것이다. 거기 이현정 시인의 〈시간의 신음소리〉는 어김없이 실존하고 있다.

> 침몰한 여객선 세월호 안에 삼 백여 명이 갇힌 이래/ 구조소식을 기다리는 사람, 구조에 목숨 걸고 나선 사람/ 사람들은 곤죽이 되고/ 시간은 신음소리를 낸다// 드디어 줄줄이 주검으로 돌아오는 바닷가에/ 통곡소리는 파도를 잠재워도/ 죽음까지 토해낼 것만 같은 십대들 생각에/ 우리는 잠을 이룰 수가 없다// 날이 밝자 때마침 흐드러진 꽃물결이/ 죽은 이들의 꽃방석 되고 추모행렬 되라 빌어보지만/ 하늘 향한 마음에도 눈물이 흘러/ 넋 잃은 시간이 첨벙거린다.
>
> – 〈시간의 신음소리〉 전문

"침몰한 여객선 세월호 안에 삼 백여 명이 갇힌 이래/ 구조소식을 기다리는 사람, 구조에 목숨 걸고 나선 사람/ 사람들은 곤죽이 되고/ 시간은 신음소리를 낸다"는 가운데 벌써 100일이 허망하게 지나가 버렸다. 부모 형제 자매 아니 선량한 국민들의 신음소리는 귀에 들리지 않아도 심장 속에 가득 울려 퍼진다. 잊어서는 안 된다. 아니 어찌 그 큰 참극을 우리가 망각한단 말인가. 가슴마다 대못 박힌 침통의 시간 그 신음소리는 영원히 기억할 것이다. 기억이란 기명(記銘)으로부터 보지(保持)를 거쳐 상기되며 재인식의 과정을 거쳐 지난 날 못 박힌 참담

한 경험을 다시금 기억해 낸다고 하는데 정신기능이 존재하는 한 영구히 망각될 수 없는 것이다. 저 파란 하늘을 보면 거기 〈구름길〉이 보인다.

모였다 흩어졌다 텅 비어버리는
바람결에
바라던 바가 지나쳐
굴뚝이 연기를 안으로 가둔다

분수를 지키지 못한
허물 또한 그와 같아서
구름길에 든
기대도 기회도 함께 저문다.

– 〈구름길〉 전문

거듭 외워지는 것은 "분수를 지키지 못한/ 허물 또한 그와 같아서/ 구름길에 든/ 기대도 기회도 함께 저문다"는 것이다. 분수를 지키지 못한 허물이 아니고 큰 죄악을 저지른 지울 수 없는 치욕 속에서 저마다 가슴에 다시 무겁게 손을 얹고 반성하자. 오로지 진정한 성찰만이 역사의 장(章)에다 속죄의 길을 찾는 오로지 한 가지 철리(哲理)가 아니런가.

러시아의 위대한 작가 토스토에프스키는 불후의 명작 《죄와 벌》을 남겼다. 악랄한 고리대금업자인 전당포 노파의 뒤통수를 도끼로 쳐 죽인 대학생 라스콜리니코프. 죽은 자는 죄를 뉘우칠 틈도 없었으나 라스콜리니코프는 스스로의 끔찍한 죄악을 뉘우치며 자수, 시베리아 유형 길에 올랐던 그 형극의 발자

취. 크고 작은 죄를 저지른 이들이여, 어찌 순수한 어린 생명들을 희생시킨 죗값을 과연 언제쯤 뉘우치며 치룰 것인가. 노란 리본이 달리는 길에서 스스로의 죗값을 단죄 받으라고 노란 리본이 달리고 있다. 자세하게 뚜렷하게 응시하자.

> 세월호 사고 나고 보름이 지나도록/ 우리의 아우성소리가 현장을 맴돈다// 마음이 어두워/ 밤낮을 가리지 못하는 슬픔 속에// 노란 리본이 달리는 길로 바다가 열리고/ 그 길로 그리운 그대들이 오리다// 여러분을 지켜주지 못한 죄를 빌어/ 거미줄 온상인 사람의 죄를 벌하고// 여러분이 일깨워 준 죽음을 무릅쓰고/ 살아서 말 못한 사랑을 나누리다// 하늘과 땅을 오가느니 눈물이요/ 마음을 통하느니 한숨이라 할지라도// 그렇게나마 만나/ 맹세하는 도리를 다하며 살아가리다.
>
> – 〈노란 리본이 달리는 길〉 전문

시인은 나지막하면서도 절절하게 외우고 다시 외운다. "노란 리본이 달리는 길로 바다가 열리고/ 그 길로 그리운 그대들이 오리다// 여러분을 지켜주지 못한 죄를 빌어/ 거미줄 온상인 사람의 죄를 벌하고// 여러분이 일깨워 준 죽음을 무릅쓰고/ 살아서 말 못한 사랑을 나누리"라고 되뇌인다. 너무나도 엄청난 어른들의 잘못으로 저질러진 참화 앞에서 선량한 국민들 누구나 다 울었다.

이현정 시인의 신작 《노란 리본이 달리는 길》은 우리 국민 저마다의 가슴에 안겨준 역사적 충언(忠言)의 진실이요 이 한 권의 귀중한 시집은 어김없이 오래오래 한국문학사에서 눈부시게 빛나리라.

이현정 제9시집
노란 리본이 달리는 길
•
지은이 / 이현정
발행인 / 김재엽
발행처 / 한누리미디어
디자인 / 지선숙
•
121-840, 서울시 마포구 잔다리로 35(서교동) 서운빌딩 2층
전화 / (02)379-4514, 379-4519
Fax / (02)379-4516
E-mail/hannury2003@hanmail.net
•
신고번호 / 제300-2006-61호
등록일 / 1993. 11. 4
•
초판발행일 / 2014년 8월 5일
•

•
값 10,000원
•
※잘못된 책은 바꿔드립니다.
•
ISBN 978-89-7969-484-0 03810